AF363919

VENTE

Des 28 et 29 Janvier 1904

HOTEL DROUOT, SALLE N° 1

deux heures

ATELIER

DE FEU

Valère LEFEBVRE

COMMISSAIRE-PRISEUR

M° LÉON TUAL

56, rue de la Victoire

EXPERTS

MM. J. CHAINE et SIMONSON

19, rue de Caumartin

CATALOGUE

DES

TABLEAUX

AQUARELLES ET DESSINS

PAR

Feu VALÈRE LEFEBVRE

ET DES

TABLEAUX, AQUARELLES, DESSINS

GRAVURES, EAUX-FORTES

Par Divers

Composant sa Collection Particulière

DONT LA VENTE AURA LIEU

Par suite de son décès

HOTEL DROUOT, SALLE N° 1

Les Jeudi 28 et Vendredi 29 Janvier 1904

A 2 HEURES

COMMISSAIRE-PRISEUR	EXPERTS
Me LÉON TUAL	**MM. J. CHAINE et SIMONSON**
56, rue de la Victoire, 56	19, rue de Caumartin, 19

Chez lesquels on trouve le Catalogue

EXPOSITION PUBLIQUE

Le Mercredi 27 Janvier 1904, de 1 h. 1/2 à 5 h. 1/2

CONDITIONS DE LA VENTE

Elle sera faite au comptant.

Les acquéreurs paieront *dix pour cent* en sus des prix d'adjudication.

L'exposition mettant le public à même de se rendre compte de l'état et de la nature des objets, il ne sera admis aucune réclamation une fois l'adjudication prononcée.

Paris. — Imp. de l'Art, E. Moreau et Cⁱᵉ, 41, rue de la Victoire.

DÉSIGNATION

TABLEAUX, AQUARELLES
ET DESSINS
Par Valère LEFEBVRE

1 — *Lisière de bois, au Raincy.*

2 — *Pâturages sous bois.*

3 — *A Villerville.*

4 — *Pâturages, à Villerville.*

5 — *Sur les Falaises.*

6 — *A Villerville.*

7 — *Herbage, à Villerville.*

8 — *Marée montante, à Villerville.*

9 — *Dans les Marais, Villerville.*

10 — *Sur les Hauteurs.*

11 — *Pâturages, à Villerville.*

12 — *Dans les Graves.*

36 — *Chemin de Trouville.*

37 — *La Barrière des Graves.*

38 — *Devant les Creuniers, Villerville.*

39 — *Moulins, à Villerville.*

40 — *Pâturages dans les Graves.*

41 — *La Fondrière.*

42 — *Le Champ Aubert.*

43 — *La Rampe, à Villerville.*

44 — *Dans les Graves.*

45 — *La Rue du Moulin, à Villerville.*

46 — *La Rue de l'Échelle, à Villerville.*

47 — *Un Herbage sous bois.*

48 — *A Martigny, Vosges.*

49 — *Environs de Royan.*

50 — *Les Filets, à Villerville.*

51 — *Les Chardons, à Villerville.*

52 — *Pommiers en fleurs, à Gagny.*

53 — *Au Raincy.*

54 — *La Mare, à Gournay.*

55 — *Une Mare au Raincy.*

56 — *Mare sous bois.*

57 — *Place des Marronniers, au Raincy.*

58 — *Un Étang, au Raincy.*

59 — *Les Roches, à Villerville.*

60 — *Noyers et Peupliers, à Villemomble.*

61 — *Le Ruisseau de Cricquebeuf.*

62 — *Aux Batteries, au Raincy.*

63 — *Un Étang près de la route de Livry.*

64 — *Sur les Hauteurs du Raincy.*

65 — *Herbages, à Villemomble.*

66 — *L'Église de Villerville.*

67 — *Paysage, à Montfermeil.*

68 — *Plage, à Cayeux.*

69 — *Le Chemin vert, à Villerville.*

70 — *Le Four à chaux, à Cricquebeuf.*

71 — *A Martigny, Vosges.*

72 — *La Rentrée du troupeau, à Martigny.*

73 — *Pâturages dans les Graves.*

74 — *Dans les Marais.*

75 — *Dans le Haut du chemin, Égly.*

76 — *Marée basse, à Cayeux.*

77 — *Effet de neige, au Raincy.*

78 — *Dans les Bois du Raincy.*

79 — *A Villerville.*

80 — *La Prairie Landalle, Villerville.*

81 — *Les Pieux, à Villerville.*

105 — *Chemin du Cabestan, Villerville.*

106 — *Retour de la Pêche.*

107 — *Hauteurs de Villerville.*

108 — *Les Moulières, à Villerville.*

109 — *Une Mare dans les Graves.*

110 — *Dans les Graves, à Villerville.*

111 — *Les Moulières, à Villerville.*

112 — *Les Tilleuls dans les Graves.*

113 — *Laveuses de Moules.*

114 — *Les Hauteurs de Villerville.*

115 — *Les Brise-Lames.*

116 — *Tilleuls au bord de la mer.*

117 — *Rochers, à marée basse.*

118 — *Marée basse.*

119 — *Lisière de bois, au Raincy.*

120 — *Intérieur de Ferme, à Tréguier.*

121 — *Les Brise-Lames, à Villerville.*

122 — *Cour de Ferme.*

123 — *Pâturage, à Cricquebeuf.*

124 — *Marine, à Villerville.*

125 — *Les Moulières, à marée basse*

126 — *Retour de la Pêche.*

127 — *Le Bout de l'Estacade.*

151 — *Allée des Côteaux, au Raincy.*

152 — *Sur le Plateau de Monfermeil.*

153 — *Dans les Bois du Raincy.*

154 — *Le Boulevard du Midi, au Raincy.*

155 — *La Douane, à Venise.*

156 — *Le Calvaire, à Villerville.*

157 — *Environs de Martigny, Vosges.*

158 — *Pâturages, à Martigny, Vosges.*

159 — *Les Moulières, à Villerville.*

160 — *Le Four à Plâtre, au Raincy.*

161 — *Le Bois de Montfermeil.*

162 — *Le Bois du Raincy.*

163 — *Mare, au Raincy.*

164 — *Marine, à Cayeux.*

165 — *La réserve des Crevettes, Villerville.*

166 — *Les Moulières.*

167 — *Sur les Batteries, au Raincy.*

168 — Sous ce numéro, les *Cartons d'Aquarelles et Sépia,* par VALÈRE LEFEBVRE (Division).

169 — Sous ce numéro, les *Cartons de Fusains.*

170 — Sous ce numéro, les *Cartons de Dessins au crayon conté et à la mine de plomb.*

TABLEAUX
PAR DIVERS

---

171 — ANDRÈS. *Paysage.*

172 — BERNARD. Copie d'après CHAPLIN.

173 — BRUNIER. *Fleurs.*

174 — COROENNE. *Vase de fleurs.*

175 — COROENNE. Copie d'après REMBRANDT.

176 — COROENNE. *Orange.*

177 — COROENNE. *Tête de Chien.*

178 — COROENNE. *Jeunes Italiens.*

179 — COROENNE. Copie d'après VÉRONÈSE.

180 — COROENNE. *Rochers, à Villerville.*

181 — COROENNE. *La Veillée.*

182 — DESAVARY. *Square Saint-Vaast, Arras.*

183 — DESJOBERT. *Chaumières.*

184 — DIAZ (Genre de). Paysage.

185 — FIRMIN (CLAUDE). *Jeune Ouvrière.*

186 — GIRARD (A.). Copie d'après RUBENS.

187 — GIRARD (P.). *Paysage.*

188 — GIRARD (P.). *Ruines.*

189 — Girard (P.). *Paysage.*

190 — Lambert. *Les Marais.*

191 — Lambert. *Rochers de Villerville.*

192 — Lambert. *Bords de rivière.*

193 — Muller. *Tête de Vieille Femme.*

194 — O. S. L. *Ruines.*

195 — O. S. L. *Entrée de Souterrain.*

196 — Pata. *Ruisseau dans le Doubs.*

197 — Pata. *Ruisseau dans les Roches.*

198 — Rosset (Ed.). *Étude de Roses.*

199 — Scherb. *Serre de M. V. Lefebvre.*

200 — Thiollet. *La Mare de la Ferme.*

201 — Thiollet. *La Mare.* Étude.

202 — Thiollet. Deux Études.

203 — Thiollet. *Jeune Pêcheur.*

204 — Thiollet. Étude.

205 — Thiollet. Étude.

206 — Thiollet. *Dans les Roches.*

207 — Thiollet. *Pêcheur, à Villerville.*

208 — Thiollet. *Eglise de Pennedepie.*

209 — Thiollet. *Têtes d'Animaux.*

210 — Thiollet. *Pêcheuse Bretonne.*

211 — Thiollet. *Gros Temps, à Villerville.*

212 — THIOLLET. *Débarquement des Poissons.*

213 — J. VERNET (Attribué à). *Marine, Soleil couchant.*

214 — VIETRI. *Marine.*

215 — INCONNU. *Ruisseau, à Villerville.*

216 — INCONNU. *Tête de Chien.*

217 — INCONNU. *Pâturages.*

218 — INCONNU. Copie.

219 — INCONNU. *Étude d'Animaux.*

220 — INCONNU. *Paysage.*

AQUARELLES, DESSINS
PAR DIVERS

---

221 — CHAMPIN. *Paysage suisse.*

222 — CHAMPIN. *Ruines ; effet d'orage.*

223 — CHAMPIN. *Marine.*

224 — CHAMPIN. *Paysage.*

225 — CHAMPIN (ÉLISA). *Fleurs.*

226 — CHAMPIN (ÉLISA). *Fleurs et Fruits.*

227 — COUTURIER (J.). *Fleurs.*

228 — DUVEAU. *Tête de Femme.*

229 — DUVEAU. *Tête d'Homme.*

230 — DUVEAU. Étude.

231 — DUVEAU. Etude.

232 — DUVEAU. *Jeune Fille.*

233 — DUVEAU. Étude.

234 — GIRARD (P.). *Une Cascade.*

235 — GIRARD (P.). *Les Foins.*

236 — GIRARD (P.). *Le Chevrier dans la montagne.*

237 — GIRARD. *Torrent sous bois.*

238 — Girard. *Torrent dans la montagne.*

239 — Harpignies. *Paysage.*

240 — Harpignies. *Les Saules.*

241 — Harpignies. *Paysage en hiver.*

242 — Lapito. *Souvenir de Fontainebleau.*

243 — Legrain. *L'Été.*

244 — Legrain. *Le Printemps.*

245 — Legrain. *L'Automne.*

246 — Thiollet. *Étude de Chevaux.*

247 — Thiollet. *Barque de Pêche.*

248 — Thiollet. *Pêcheuses à la Marée basse.*

249 — Sous ce numéro, environ 126 Aquarelles
et Dessins par divers artistes. (Division.)

250 — Sous ce numéro, les lithographies, les
gravures, par Courtry-Champin, Ch. Jac-
ques Siroui, etc. (Division.)

251 — L'Œuvre de Calame, reproduite en litho-
graphie.

252 — Carton de photographies et reproductions
diverses.